Marcello

Il y a aussi de drôles de moineaux sur
notre site : www.soulieresediteur.

Du même auteur
chez le même éditeur

Un cochon sous les étoiles, coll. Ma petite vache a mal aux pattes, 2000 (épuisé)
Alba, la femme à barbe, coll. Ma petite vache a mal aux pattes, 2011
Monsieur Roboto, coll. Ma petite vache a mal aux pattes, 2013, Prix Illustration Jeunesse du Salon du livre de Trois-Rivières, catégorie Petit roman illustré
Monsieur Khaloun, coll. Ma petite vache a mal aux pattes, 2014

Chez d'autres éditeurs
Fred et Putulik, l'automne, éditions du Soleil de minuit, 2012
L'orignal blanc, éditions du Soleil de minuit, 2004
Un loup pour l'homme, éditions du Boréal, 1997
L'étrange, éditions du Boréal, 1995

Jean Lacombe a aussi illustré :

Symphonie en scie bémol, texte de Francis Magnenot, éditions du Boréal, 2000
La vallée des enfants, texte de Henriette Major, éditions du Boréal, 1999
De la neige plein les poches, texte de Francis Magnenot, éditions du Boréal, 1999

Marcello

**Texte et illustrations de
Jean Lacombe**

SOULIÈRES
ÉDITEUR
www.soulieseediteur.com

case postale 36563 — 598, rue Victoria
Saint-Lambert (Québec) J4P 3S8

Soulières éditeur remercie le Conseil des Arts du Canada
et la SODEC de l'aide accordée à son programme de
publication et reconnaît l'aide financière du gouvernement
du Canada par l'entremise du Fonds du livre du Canada
(FLC) pour ses activités d'édition. Soulières éditeur
bénéficie également du Programme de crédit d'impôt pour
l'édition de livres – Gestion Sodec – du gouvernement du
Québec.

Dépôt légal : 2015

**Catalogage avant publication de Bibliothèque et
Archives nationales du Québec et Bibliothèque et
Archives Canada**

Lacombe, Jean
Marcello
Collection Ma petite vache a mal aux pattes ; 132
Pour enfants de 7 ans et plus.

ISBN 978-2-89607-313-9
I. Titre. II. Collection : Collection Ma petite vache a
mal aux pattes ; 132.
PS8573.A277M37 2015 jC843'.54 C2014-941828-0
PS9573.A277M37 2015

Conception graphique de la couverture :
Annie Pencrec'h

Illustration de la couverture et illustrations intérieures :
Jean Lacombe

Logo de la collection :
Caroline Merola

Pour Léo et Agnès

À la récré, avec Antoine et Amir,
on essayait le ballon neuf.

Une vraie bombe, ce ballon !
Paf !
Il frappe la plus haute branche de
l'arbre. Quelque chose dégringole.

C'est un oeuf.
Et par miracle, il n'est pas cassé.

D'après madame Camille, c'est un oeuf de goglu ou quelque chose du genre. Elle dit qu'il faut le garder au chaud.

Deux jours plus tard, un oisillon sort
de là durant le cours de français.
On le nourrit chaque jour, plusieurs
fois par jour. Il devient un goglu tout
mignon avec un beau plumage.

Vient le jour où madame Camille
dit qu'il est temps de le rendre à la
nature.
On lui fait nos adieux avant qu'elle
n'ouvre la fenêtre toute grande.

Surprise ! Il n'a pas envie de s'envoler. On dirait qu'il a pris goût à la classe. Peut-être qu'il nous voit comme sa famille, après tout.

Chaque matin,
l'oiseau nous attend.
Alors on continue à le nourrir.
Il ne se contente plus de miettes,
l'animal.
Il n'arrête pas de zieuter
nos collations.

On lui donne des pommes et des
moitiés de sandwiches.
Il ne déteste pas ça.
Et puis, il prend du poids.
Je dis qu'il faudrait bien lui donner
un nom. Alors on l'appelle Marcello.
Quand il secoue ses ailes,
attention, ça décoiffe !

Mais, la plupart du temps, il reste perché bien sagement pendant qu'on travaille.

Un jour, madame Camille dit :
– Écoutez ça. Je parie que vous
n'avez rien entendu d'aussi beau.
Elle nous met un air du Pérou avec
des flûtes de Pan. C'est vraiment
super ! Même que je ferme les
yeux pour mieux apprécier.

Quand l'air est fini, Marcello s'écrie :
– Encore, encore !
Toute la classe éclate de rire en
choeur.
Marcello n'est pas mécontent de
son coup de théâtre.

Chaque jour, notre ami enrichit son vocabulaire.

Il connaît les noms de chacun
de nous.

Mais, quand vient mon tour,
il se trompe à tout coup.
Je crois qu'il fait exprès.

Un matin, madame Camille donne
un cahier et un crayon à Marcello.
Ma parole, un cadeau du père Noël
ne l'aurait pas rendu plus heureux.

– Ça y est, dit Amir, Marcello a l'air
d'un élève parmi les élèves.
Marcello coopère quand on fait un
travail d'équipe, ça c'est vrai.
Il nourrit aussi Doris avec Elfie.

Et puis il est toujours prêt à jouer
à la tag.
On peut dire qu'il est un peu
avantagé, le Marcello.

Puis quand sonne quatre heures...

Marcello reste seul.

Un soir, tandis que je rentrais
de patiner, je l'ai aperçu à la fenêtre
de la classe.
Il ne m'a pas vue.
Il fixait le vide.

Un jour, Marcello a dit un gros mot tout haut.

C'est parce que Sarah-Julie était
enrhumée et qu'elle n'arrêtait pas
de renifler.
Ça énervait Marcello.
Madame Camille lui a demandé
de s'excuser.

Et puis il y a eu autre chose.
Par exemple, Marcello dérangeait
toute la classe en pestant parce
qu'il n'était jamais satisfait de sa
rédaction.
Ou alors, il insistait pour que Doris
se promène en liberté.

Ensuite, il y a eu un incident à la récré.
Ce jour-là, Maria lance
à la poubelle sa boîte de jus.
La boîte se retrouve par terre.

Marcello s'écrie que la cour
ressemble de plus en plus au
vide-ordures de l'apocalypse.
Franchement, je me demande où il
prend des mots comme ça.
– Ce qu'il faut, dit Marcello, c'est
placer la poubelle sous le panier
de basket.

Voilà bien l'idée la plus bizarre de toutes les idées bizarres que j'aie entendues.

Remarquez qu'il ne se trompait pas, le Marcello.

Jules Gratton s'est avancé. Il a exécuté un superbe panier. Son trognon est tombé en plein dans le mille !

Ensuite chacun a voulu faire pareil.
Tout le monde lançait tout ce qui lui
tombait sous la main.
Quel gâchis !

Mais que faire de Marcello ?
Monsieur le directeur convoque
madame Camille
et la psycho-éducatrice.

La psycho-éducatrice
a un tête-à-tête avec Marcello.

Elle dit qu'elle ne peut rien faire.
Marcello est parfaitement équilibré.
Madame Camille se gratte le crâne.
Elle pense qu'elle a peut-être une
solution.

Madame Camille nous présente
madame Jasmine,
une accompagnatrice.
Madame Jasmine s'assoit à côté
de Marcello toute la journée.

Après une journée,
madame Jasmine dit qu'elle ne
peut rien faire.
Marcello est parfaitement
autonome.
Madame Camille aurait peut-être
préféré de mauvaises nouvelles.

Ce matin, la rumeur veut que
Marcello soit envoyé dans une
autre école.
Ou dans une animalerie.
Moi, je trouve ça injuste.

Je repère Marcello.
On dirait qu'il n'a pas le moral,
aujourd'hui.

Je le revois à la fenêtre
avec son regard vague.
Je m'approche doucement. Je lui
dis que je le comprends. Que c'est
poche de se sentir comme si on
n'était pas né dans le bon corps.
Que même si on y met des années,
on ne sera jamais un élève comme
les autres.
(En vérité, j'ai dit :
– Tu veux des raisins ?
Mais bon, je crois qu'il a compris.)

Marcello et moi, on est restés un bon moment sans rien dire.

Le lendemain matin, la place de
Marcello était vide.

Tous les regards se tournent vers la professeure. Madame Camille demande :
– Quelqu'un sait où est Marcello ?
Stupeur. Tout le monde se regarde. Je lève la main.
– Mais, madame, je croyais que vous alliez nous le dire !

Depuis que Marcello est parti, c'est plus tranquille dans la classe, ça oui. Par contre, j'avoue que son raffut me manque.

Et puis, jouer au basket c'est bien,
mais... c'était quand même plus
drôle avec Marcello et
ses échappées spectaculaires.

Quand je pense que c'est moi qui
ai botté le ballon ce jour-là.
Que c'est moi qui ai fait tomber
l'oeuf du nid.

Bon, c'est vrai que le ballon a
ricoché sur Antoine et ensuite
sur Amir.
Mais c'est quand même moi qui l'ai
botté en premier.

Ce matin, un nouveau
prend la place de Marcello.
Je me porte volontaire pour laver
le vivarium de Doris, histoire de me
changer les idées.

Je trouve une feuille de cahier à
moitié cachée sous le vivarium.
Mon coeur bat plus vite quand je
reconnais l'écriture de Marcello.
La lettre a dû traîner là pendant
des jours sans que personne ne la
remarque.

Dans sa lettre, Marcello s'excuse
d'être parti sans dire au revoir. Il dit
qu'un soir qu'il était tout seul dans
la classe, deux oiseaux se sont
posés à la fenêtre.
Comme ils piaillaient, ces deux-là !
Il a fallu un moment à Marcello
avant de les reconnaître.
—Papa ? Maman ?

Le matin où ils ont trouvé le nid vide, les parents de Marcello ont cru défaillir.

Pendant des jours, ils l'ont
cherché partout. Ils songeaient
à se résigner quand ils ont aperçu
ce gaillard à plumes dans la cour
de récré.
D'abord, ils n'en ont pas cru leurs
yeux tellement ils étaient émus
de revoir leur petit bien vivant
et entouré d'amis.

Ils ont attendu que Marcello soit
seul avant d'aller à sa rencontre.
C'est fou, ils avaient le trac.
Marcello aussi était bouleversé.
Il tremblait de la tête aux pattes.

Comme il se faisait bien tard, ses
parents lui ont dit au revoir.
Ils devaient s'en aller loin, bien
loin.
Marcello a demandé où ils allaient.
Ses parents partaient pour le
Mexique, là où migrent les goglus
quand arrive le froid.
Ils auraient été ravis que Marcello
les accompagne, s'il le désirait,
bien entendu.

Marcello a dit qu'il devait y réfléchir.
Il a regardé ses parents s'éloigner
à tire-d'aile au-delà des nuages.
Ensuite, il est resté seul à tourner
en rond.

Marcello a pris une décision.
Sur le globe terrestre, il a repéré le
Mexique.
Il a ouvert la fenêtre toute grande.
Et, juste à ce moment, il a eu une
hésitation.
Il n'allait quand même pas quitter
ses camarades sans un mot
d'explication.

« *C'est à toi, Jappe, que j'adresse ce mot d'adieu, car je te trouve bien gentille.* »
Pour finir, Marcello s'excuse encore.
« *Les adieux en personne me rendent mal à l'aise.* »

À la récré, je n'ai pas envie de jouer au ballon.
On joue toujours au ballon !

Madame Camille lit
dans mes pensées.
– Ça n'est pas pareil sans Marcello,
n'est-ce pas ?

Je me console en relisant sa jolie
lettre. Marcello a ajouté
un post-scriptum.
Il promet que nous nous reverrons.

Je pousse un soupir. Décidément,
cette récré manque d'un brin de
folie.
Voyons un peu.
Qu'aurait fait Marcello ?

J'avoue que je ne sais pas trop.
Mais je vais faire de mon mieux !

Jean Lacombe

 À choisir entre tous les animaux, je ne détesterais pas être un oiseau. Une hirondelle ne fait peut-être pas le printemps, mais être un oiseau comporte bien des avantages.

Un oiseau se lève chaque matin en chantant.

Un oiseau n'a jamais à se soucier des embouteillages ni des pannes de métro.

S'il pleut, un oiseau n'a qu'à voler au-dessus des nuages.

Quand il a faim, un oiseau n'a qu'à se servir. Dans la nature, tout est gratuit.

Quand il fait froid, un oiseau migre pour un pays de vacances. Pas besoin de réservations.

Un chat a neuf vies, un orignal ne manque pas de panache, mais être un oiseau, quand même, c'est planant !

GARANT DES FORÊTS
INTACTES

Ce livre a été imprimé sur du papier Sylva enviro
100 % recyclé, traité sans chlore, accrédité Éco-Logo
et fait à partir d'énergie biogaz.

Achevé d'imprimer
à Louiseville (Québec)
sur les presses de Marquis Imprimeur
en janvier 2015